Hanns Cibulka | Späte Jahre

Die Gedankenskizzen und Erinnerungen, die Hanns Cibulka seit seinem achtzigsten Lebensjahr aufzeichnete, sind meisterhafte Miniaturen, in denen die Sprache aufs Höchste verdichtet ist. Klarheit und Schnörkellosigkeit in Form und Ausdruck fördern die Intensität dieser Prosa. Aus ihr spricht die Gelassenheit und Weisheit eines Mannes, der mit offenem Herzen und wachen Sinnen auf dieser Welt war.

Hanns Cibulka, (1920–2004), lebte als Schriftsteller in Gotha. Für sein umfangreiches literarisches Werk erhielt er zahlreiche Preise und Auszeichnungen. Bei Reclam Leipzig sind von ihm folgende Bücher erschienen: *Am Brückenwehr*, RBL 1490; *Die Heimkehr der verratenen Söhne*, RBL 1553; *Ostseetagebücher*, RBL 1398; *Sonnenflecken über Pisa*, RBL 1700; *Tagebuch einer späten Liebe*, RBL 1615; *Thüringer Tagebücher*, RBL 1457.

Hanns Cibulka

Späte Jahre

Tagebuchaufzeichnungen

RECLAM
LEIPZIG

Besuchen Sie uns im Internet:
www.reclam.de

Reclam Bibliothek Leipzig, Band 20083
2. Auflage, 2004
Reihengestaltung:
Gabriele Burde | Kurt Blank-Markard
Umschlaggestaltung: Simin Bazargani unter
Verwendung des Gemäldes »Alte Apfelbäume«, 1900,
von Ferdynand Ruszczyz
Fotografie des Autors auf der 4. Umschlagseite:
© Bernd Hofmann, Marbach
Gesetzt aus ITC Slimbach
Satz: Reclam Verlag Leipzig
Druck und Bindung: Reclam, Ditzingen
Printed in Germany
ISBN 3-379-20083-2

Für Christa

I

»DIE ZEIT, die ist ein sonderbar Ding«, sagt Hugo von Hofmannsthal in seinem »Rosenkavalier«, »wenn man so hinlebt, ist sie rein nichts. Aber dann auf einmal, da spürt man nichts als sie. Sie ist um uns herum, sie ist auch in uns drinnen. In den Gesichtern rieselt sie, im Spiegel da rieselt sie, in meinen Schläfen fließt sie. Und zwischen mir und dir da fließt sie wieder, lautlos, wie eine Sanduhr.«

Die Zeit, sie kommt, sie geht, kein Mensch hat sie je gesehen. Du spürst sie als Hauch im Nacken, sie geht an dir vorbei, du merkst nicht, daß sie es ist, die dich anblickt. Sie hat dich eingekreist, sie krallt sich in deinen Kleidern fest, du wirst sie nicht los. Und wenn du alle Uhren dieser Welt anhältst, die Zeit bedarf keiner Uhr, sie weiß genau wie spät es ist …

Ich weiß nicht wann und wo es begonnen hat, das Alter. War es im Herbst des vergangenen Jahres? Es war ein prachtvoller Herbst, man konnte weit bis in den Oktober hinein im Freien sitzen. Keine Singvögel mehr. Bis tief in die Nacht hinein lag ich im Lehnstuhl und sah hinauf zu den Sternen. Das All muß voller Visionen sein.

Es ist etwas Seltsames mit dem Altwerden des Menschen, etwas Geheimnisvolles, plötzlich liegt das ganze Leben offen vor dir da. Das Alter fährt nicht wie der Blitz in den Menschen hinein, es breitet sich aus, ganz langsam, ohne Lärm.

Wer war es, der mich aus meiner Heimat vertrieben, aus dem königlichen Böhmen, dem mährisch-schlesischen Altvatergebirge? Wenn ich heut durch die Landschaft meiner Kindheit fahre, ist mir, als lägen die Dörfer, die Ortschaften in einem Koma, als könnten sie weder leben noch sterben, als wäre die Zeit stehengeblieben. Andere Orte sind lange schon in sich zusammengebrochen, als hätte es sie nie gegeben. Noch aber fließen die alten Brunnen, doch ihr Wasserstrahl wird immer spärlicher.

Blick zurück auf deinen Lieblingsort, auf deine Zauberstadt, auf das große, gewaltige Prag. Da gibt es Türme, die gleichen heute noch einem Schrei. Das Schicksal in diesem Land war immer zweisprachig gewesen. Die Zeit der goldenen Dächer ist vorbei. »Die Schönheit ist nichts als des Schrecklichen Anfang«, schreibt Rilke, alle haben es gewußt, aber keiner hat es ausgesprochen. In den Duineser Elegien kann man es heute noch nachlesen …

Am späten Abend Franz Schuberts Klaviertrio Nr. 1 in B-Dur, op. 99, in einer königlichen Besetzung:

Vladimir Ashkenazy, Klavier
Pinchas Zukerman, Violine
Lynn Harrell, Cello

Zwei Lebensalter gehen ineinander über, das Mannesalter, das Greisenalter.

Jahrzehnte sind vergangen, die gelebten Jahre liegen offen vor dir da, die süßen und zugleich herzzerreißenden Irrungen und Wirrungen sind vorbei. Sturm und Drang liegen ein halbes Jahrhundert zurück, man beginnt über das eigene Leben nachzudenken. Türen, die bisher verschlossen, öffnen sich von selbst, alles was uns in diesen Jahren umgibt wird durchsichtiger, klarer.

Eine seltsame Ruhe geht von diesem Lebensalter aus. Es scheint, als wären die Stunden des Tages langsamer geworden, selbst für das Aufziehen einer alten Standuhr benötigt man mehr Zeit als früher. Aber auch das Schicksal läßt sich Zeit, man hat den Eindruck, daß es plötzlich stehen bleibt, sich auf eine Bank setzt und den Schwalben zusieht, wie sie sich sammeln.

Seit den frühen fünfziger Jahren wohne ich im Schatten vom Schloß Friedenstein. Je älter ich werde, um so fremder wird mir die Stadt. Da gibt es Tage, da irre ich vom Schloßhof hinüber in die Parkanlagen, vom Teeschlößchen in die Orangerie. Nur noch selten begegnet man einem Freund, einem Bekannten, die Menschen werden von Jahr zu Jahr fremder, die Gesichter rücken von dir fort.

Das Schloß Friedenstein greift mit seinen unsichtbaren Fangarmen nach jedem Fremden, der die Stadt betritt. Zweitausend Fenster blicken vom Schloß hinunter auf die Stadt. Der Herzog hatte ein Leben lang vom Schloß aus alle seine Untertanen fest im Blick …

Meine Träume sind wieder da, Träume, die ich mit offenen Augen erlebe. Die Gestalten, von denen ich träume, kommen durch das Mauerwerk, durch die Decke, die Wand. Sie kommen mit einem Blumenstrauß in der Hand, gehen durch das Zimmer, nehmen vom Bücherbrett ein Buch, schlagen es auf, sehen mich an.

Es ist weit nach Mitternacht, ich liege im Dunkeln, habe die Augen geöffnet und warte. Es dauert nicht lange, da treten aus der Wand die ersten farbigen Gestalten, da springt vor meinen Augen eine schwarzweiß gefleckte Katze durch den Philodendron, die Blumen im Fenster fangen an zu blühen, eine unsichtbare Hand stellt ein Paket mit einer feuerroten Schleife mitten auf den Tisch. Ich sehe, wie eine kleine, schwarze Katze durch die Zimmerlinde klettert, ich richte mich auf, aus dem Paket brechen eine Handvoll Blüten hervor …

Das Alter bringt nicht nur Verzicht, die einzelnen Jahre beginnen sich zu durchdringen, die unterschiedlichsten Räume werden aufgehoben, die einzelnen Ereignisse, auch wenn sie Jahrzehnte auseinander liegen, fließen wie Bäche zusammen. Wer die Gleichnishaftigkeit der Welt verstehen will, muß alt werden, nichts ist rätselhafter als das Überzeitliche, das uns im Alter begegnet.

»Jedem Alter des Menschen antwortet eine gewisse Philosophie«, sagt Goethe. Wir gehen von einem Lebensalter hinüber in ein anderes. Sind wir uns bewußt, daß wir in Lebensalter denken, handeln, fühlen? Im Alter wird die Unendlichkeit der Seele spürbar. Die Seele, ein Feld?

Noch nie hat der Mensch von so vielen trügerischen Verheißungen gelebt, wie im zwanzigsten Jahrhundert. Er wurde auf die Billigwaren des menschlichen Glücks zurückgeworfen. Der Pessimismus unter den Menschen nimmt zu. »Demokratie ist Diskussion«, hat Thomas Masaryk einmal gesagt.

Die Zeit, in der wir heute leben, ist eine Zeit für Jedermann. Wer ist dieser Jedermann? Jedermann hat hundert Namen und mehr, sie gehen von Mund zu Mund, verlieren sich in der Leere …

Ein ruhiger Regentag. Ein Bogenstrich, ein paar Takte aus der Suite Nr. 1 G-Dur für Violoncello solo von Johann Sebastian Bach. Die Zeit wird wieder zum Raum …

Nebelwände. Ich denke an die Novembertage in den Pripjetsümpfen, kein Allerseelenwetter, ein Totenwetter, das Grundwasser steigt, es ist voller Ruhrbazillen, tote Soldaten schwimmen in einem Wassergrab.

Auf dem Tisch eine Brotkruste, in der Feldflasche ein letzter Schluck Wodka. Auf dem Tisch ein paar Streichhölzer, eine brennende Kerze.

Regimentsvermittlung, Deckname »Nordpol« …

Die silberne Rose, wo ist sie geblieben? »Mir ist nicht die Ehre widerfahren, daß ich der hoch- und wohlgeborenen Jungfer Braut, in meines Herrn Vetters Namen, dessen zu Lerchenau, die Rose seiner Liebe überreichen darf …«

Ich erinnere mich, es waren zwölf wunderbare Nächte, Dezembernächte, der Himmel über Kremenez ein einziges Sternenzelt.

Seit sechzig Jahren
bewahre ich in meinem Schreibtisch
einen Schatten auf,
einen Scherenschnitt,
schwarz.

Ein Leben lang
mußte ich zufrieden sein
mit diesem Blatt Papier,
geschnitten vor einem halben Jahrhundert
im winterlichen Kremenez.

Keine Liebe
deckt mehr den Tisch,
das Brot ist hart geworden,
die Landkarten schweigen,
der Schnee am Duklapaß
geht bis ans Knie.

Der gewonnene Schattenriß wurde mit ruhiger Hand schwarz ausgetuscht, im schwarzen Papier nachgeschnitten.

Ich wäre gern in meiner Heimat alt geworden, nun bleibt mir nichts anderes übrig, als Nägel in die Nebelwand zu schlagen und die Bilder daran aufzuhängen ...

Wie oft hörte ich von meiner Mutter das Wort: Die Menschen haben kein Gefühl mehr für die Zeit.

Wann ist sich der Mensch zum ersten Mal der Zeit bewußt geworden, der künftigen Zeit, der zurückliegenden Zeit, der verlorenen Zeit, der gestundeten Zeit.

In der Kindheit schien sich die Zeit nur langsam zu entfalten, lautlos wie ein Schmetterling.

Wenn ich das Deutsche Lesebuch, herausgegeben von Hugo von Hofmannsthal, in den Abendstunden aufschlage und ein paar Seiten halblaut vor mich hin lese, scheint mir, die deutsche Sprache hört sich selber zu.

Ist der deutschen Sprache die mystische Sprachkraft verlorengegangen, das Bibeldeutsch, das Kirchenlied? Ich blicke zurück und sehe gleichzeitig hinaus in die Zukunft. Unter dem geheimen Zeichen des Alters ein Wegzeichen. Die Entelechie des Menschen überdauert die Zeitmauer, sie altert nicht. Es gibt Bücher, die sind für das Alter geschrieben, sie beginnen mit einem Gedankenstrich …

Schlaflose Stunden, vor dem Fenster die Hellsichtigkeit der Nacht. Sind es die sichtbar gewordenen Seelen der Verstorbenen, die mich Nacht für Nacht besuchen? Sie brauchen keine Fenster, keine Türen, sie gehen durch das Mauerwerk hindurch, vor der Bücherwand bleiben sie stehen, nehmen ein Buch aus dem Regal, schlagen es vor meinen Augen auf, manchmal heben sie den Kopf, sehen mich an, und das alles geschieht in einem gedämpften Licht. Eine Frauengestalt kommt durch das Mauerwerk auf mich zu und legt einen blühenden Fliederstrauß auf den Tisch. Ich wollte ihr entgegengehen, da begann sie zu schweben und verließ das Zimmer durch die Decke.

Ein zartes, zierliches Gewächs wächst an meinem Bücherschrank hoch, an den Ästen keine Blätter, nur die kleinen, orangefarbenen Kugeln, nicht größer als die Wacholderbeere.

Bezaubernde Bilder, zart wie ein Spinnennetz …

Es ist etwas Seltsames mit dem Altwerden des Menschen. Es gibt Tage, die sind voller Erinnerungen, als wäre alles erst gestern geschehen, Erinnerungen von einer Heiterkeit und Melancholie. Die Substanz des Lebens hat sich verändert. Unser Leben ist abendlich geworden, die Berührungspunkte mit dem Unsichtbaren nehmen zu.

Die Seele des Menschen hat kein Gesicht, sie ist bildlos, sie gleicht weder dem Meer noch dem Felsen im Meer, sie ist das Überwirkliche, dem wir sprachlos gegenüberstehn. Die Seele altert nicht.

Noch steht am Himmel der Große Wagen, die Deichsel wird sichtbar. Meine Hand beginnt zu zittern, wenn sie das Weinglas hält …

Die Sprache ist die Königin des Landes. Deutschland hat keine Königin mehr, unsere Muttersprache ist käuflich geworden. Die deutsche Sprache wird mehr und mehr eine Sprache zusammengewürfelter Eitelkeiten, sie glänzt mit amerikanischen Titanismen.

Goethes Poesie, Hölderlins Elegien sind unserem Wesen fremd geworden, höre ich die Menschen an meiner Seite sagen. Haben wir vergessen, daß es die Sprache ist, in der sich der Mensch als geistiges Wesen wiederfindet? Die Sprache hat uns ein Leben lang getragen. Aus meiner Muttersprache kann mich keiner mehr vertreiben.

Auch noch im Alter ist in uns ein Suchen und Finden, ein Kommen und Gehen, ein Festhalten, eine Selbstentfaltung. Was ist das für ein Magnet, der gewisse Dinge in uns anzieht und wieder abstößt?

Wie werden die Landkarten Europas aussehen, die Städte, die Dörfer, wenn die letzten Gletscher auf dem Nordpol schmelzen?

Auch in diesem Herbst wächst immer noch an den Zweigen da und dort ein Blatt, eine Blüte im Abendwind bricht auf, die letzten wilden Äpfel an den Bäumen sind von den Vogelschnäbeln durchbohrt. Man schleppt die Jahre mit sich fort, ins Altvatergebirge, nach Sizilien, nach dem Castel del Monte.

Der Mensch, die offene Wunde der Natur …

Du wirst müde sein, mein Engel, achtzig Jahre lang hast du an meiner Seite die Stunden gezählt, Tag für Tag. Erinnerst du dich noch an das japanische Rollbild? Aus einer Nebelwand kamen zwei Wölfe, sie blieben auf der Lichtung stehen.

Erst in der letzten Stunde unseres Lebens werden wir begreifen, daß uns nichts auf der Erde gehört, kein Haus, kein Baum, kein Strauch, daß wir alles zurückgeben müssen, das Wort, das handgeschriebene Manuskript, selbst das Leben wurde uns nur geliehen …

II

MURGE – das Wort hört sich an wie ein Fluch, wie etwas Weggeworfenes, Kreidekalkschollen. Ich hätte den ganzen Sommer bis tief in den Herbst hinein in Apulien bleiben sollen, in Altamura, in Andria, in Trani.

Apulisches Tafelland, die Griechen sind durch dieses Land gezogen, die Römer, die Normannen, später kamen die Sarazenen, die Hohenstaufen, Seefahrer ließen sich an der Küste nieder, fremdes, heimatloses Volk. Herkunft und Anspruch, Feindschaft, Niederlage und Sieg, die Städte wurden geschleift, nach der Schlacht auf den Sklavenmärkten die Überlebenden verkauft, ihre Namen sind bis heute unbekannt geblieben.

Es war ein lautloser Tag. Ich lag in einer Mulde, der Wind trieb den Staub von einer Kuhle in die andere, ich spürte zwischen den Zähnen den Kalk.

Das Meer war still, ein Metallspiegel. An den Mauern sonnten sich die Eidechsen, Sciroccotage, ein grauroter Dunst, beängstigend in seinen Farben.

Der Weg führte mich in einer sanften Steigung bergan, die Landschaft ein buntes Kissen, schmale Weidestreifen, Mulden wo das Strauchwerk hockt. Über die sanften Bodenwellen hinweg trug mich der Weg in eine baumlose Weite. Ein neuer Kamm, eine neue Mulde und plötzlich auf einem baumlosen Hügel das Castel.

Normannisches Land, Stauferland, hier gibt es heute noch Dörfer, wo man das Altgriechische nicht vergessen hat, wo man da und dort französische Wörter vernimmt, eine Erbschaft des Hauses Anjou.

Wer in die Murge geht, muß damit rechnen, daß er aus der Leere nicht mehr zurückkommt. Er geht und geht und hört am Ende nur noch seinen eigenen Schritt …

Ich weiß nicht, was mich aus dem Thüringer Raum hinausgetrieben hat ins apulische Land. Ich habe in meinem Leben bis heute noch nie ein solches kompaktes, in sich geschlossenes Achteck gesehen.

Das Castel, ein Oktagon, an jeder Ecke ein stumpfer achteckiger Turm, der nur um eine Handbreit die Außenwand des Schloßes überragt. Hier gibt es keine Tore, keine romantischen Bögen, hier steigen keine Fontänen hoch und stürzen in ein Becken aus Marmor, ein braungelber Grundton dominiert, ein ockergelber Ton, eine Felsenfarbe, sie erinnert mich an den hellen Farbton der Gazelle.

Das Castel, ein Landsitz, ein Lustschloß, eine Villa Imperial? Hier gibt es keine Falken, keine vergoldeten Gitter, wer solche Quader aufeinandersetzt, weiß um das streng gebundene, hier ist Befehl und Diktatur, Frage und Antwort, hier entscheidet der Rang, nicht der Reichtum.

Wie ein Solitär liegt das Castel auf dem Hügel, rätselhaft. Bleib draußen vor der Tür, sagen die Steine, bleib draußen vor der Tür, flüstert der Wind …

Das Castel ist eine Welt für sich. In jedem Stockwerk acht trapezförmige Räume, die Wände graubraun. Ein Schloß ohne Glanz, nackt und bloß liegt das Mauerwerk da. Manchmal schießt ein Sonnenstrahl quer durch das Maßwerk der Fenster. In jeder Nische ein Hochsitz aus Stein. An den dunkelgrauen Wänden mächtige Halbsäulen, wuchtige korinthische Kapitelle, gotische Gewölberippen, Schlußsteine, die den Schnittpunkt bilden.

Die historischen Daten sind unerbittlich. Überall ist die Geschichte zu Haus, sie kommt auf dich zu, auf den Treppen, in den Sälen. Für wen hat Friedrich II. dieses Schloß gebaut? Ahnte er den Untergang seines Hauses, den letzten Akt, der sich hinter diesen Mauern abspielen sollte?

Einen Flintenschuß vom Castel entfernt stehen zwei Olivenbäume, eng umschlungen, als hätte ein Wirbelsturm die beiden Baumstämme mit ungeheuerer Kraft zusammengedreht.

Sonnennahes Apulien, in der Murge hat die Landschaft etwas Starres, Medusenhaftes, in einer solchen Landschaft trocknen die Gedanken aus, die Leere nimmt zu. Ich denke an die Worte, die der Wind nachts auf die Kreidetafeln schreibt.

Tag und Nacht weht über die Murge der Wind, man hört ihn durch das Gras gehen, über das Kalkplateau schlurfen. An manchen Tagen kommt er über das Meer, stößt sich an den Ecken und Kanten der Häuser wund, verzichtet auf die knatternden Fahnen, bläst durch die Hemden der Hirten, treibt den Kalkstaub vor sich her, macht den Rükken der Krähen wieder weiß. Es gibt aber Tage, da ist der Wind ohne Stimme, da ist der Himmel zugezogen, das Leben klingt hohl. In dieser Stille ist nichts als das Trippeln der Bergziegen zu hören, hügelauf, hügelab. Es ist ein trockener, horniger Klang, wenn sie mit ihren Hufen von einer Kalkplatte zur anderen springen. Den ganzen Tag sind sie in Bewegung, knabbern von früh bis spät an den harten würzigen Kräutern, an dem immergrünen Arbutus. In den Mulden reifen die Sonnenbeeren, kirschgroß, überreif.

Ich weiß bis heute nicht, woher sie kam, meine jugendliche Begeisterung für Friedrich II., meine Trauer um Konradin. Vielleicht war es die Geschichte schlechthin, die mich in ihren Bann schlug. Es ist wie eine große stille Liebe, die man nicht vergessen kann. »Wie es eine verborgene Menschennatur gibt, so gibt es auch eine geheime Geschichte.« P. V. I. Troxler.

Ein grauer Tag, der Himmel war noch nicht zu sich selbst gekommen, er verbarg sich hinter einer dunklen Wolkenwand. Die Wolkendecke blockte das Licht ab, kein Sonnenstrahl erreichte den Boden, verloren stand das Castel auf dem Hügel. Hier kannst du um Hilfe schreien, hier kannst du bitten, beten, flehen, keiner wird dich hören. Hier lebt man Hand in Hand mit der Leere.

In der Nacht kann man heute noch von Zeit zu Zeit das Klirren der Ketten hören, das Knirschen der Stiefel vor dem Fenster, es sind die Schritte der Wachmannschaft. Jede Tür wird hier zweimal verriegelt.

Was sind das für Wesen, die in diesen Räumen hausen, die auf Händen und Füßen durch die Gefängnisräume kriechen, sie bewegen sich wie unbeholfene Tiere, manchmal schreien sie auf, sie wissen nicht, woher sie gekommen, wer sie in Wirklichkeit sind, wie einen Hund stellt man ihnen den Freßnapf mit Nahrung auf die Erde. Hier gibt es keinen Kaufpreis, keine Sklavenhändler klatschen in die Hände, keine Türen, die unter dem Ansturm der Befreier bersten.

Manfred von Staufen, Kaiser Friedrichs Sohn, König von Sizilien, gefallen in der Schlacht bei Benevent. Seine drei Söhne, Königssöhne von Kindheit an in Ketten, hier, im Castel del Monte gefangengesetzt als Staatsgefangene: Nachts kommen die Träume, die Zuckungen im Schlaf. Die Haut der Gefangenen, räudig wie das Mauerwerk. Königssöhne im Verlies. Dante muß dem Kaiser noch begegnet sein.

Nach dem Tode Manfreds, es war der 26. Februar 1266, wurden seine drei Söhne Heinrich, Friedrich und Enzio Karl I. von Anjou in die Hände gespielt. Er ließ sie ins Castel del Monte bringen und in Ketten legen. Bestialisch war der Richterspruch: »Sie mögen leben, aber so, als ob sie nicht zur Welt gekommen wären, um im Gefängnis zu sterben! Sie werden so lange in Ketten bleiben, bis eines Tages der lachende Wahnsinn über sie hereinbrechen wird. Sie wissen nicht, warum sie leben, warum sie sterben, sie fallen ins Leere ...«

Über die Murge zieht eine Wetterfront hoch, keine Villen, keine Meierhöfe, langsam steigt die Straße an.

Keine hundert Meilen westlich vom Castel liegt das »Rosenfeld«, wo 1266 König Manfred im Kampf gegen Karl I. von Anjou gefallen ist.

Wer erinnert sich heute noch in Trani an die Königswitwe, die tagelang auf einen günstigen Meereswind wartete, um die letzten drei Staufer-prinzen nach Griechenland in Sicherheit zu bringen?

Spaziergang über die regennassen Hügel. Meine Zeit läuft ab. Hier schlägt keine Turmuhr mehr, vergebens wirst du nach einer Sonnenuhr suchen.

Wir alle kommen mit einer unsichtbaren Wunde auf die Welt, die eines Tages aufbrechen wird. Noch aber hängen an der Kutsche die Riemen lose herab und schleifen über die Erde …

Es ist ein früher Morgen, der Himmel hell, gelblich der Osten, im Westen dunkle Wolkenfelder, von der Murge her das leise Pfeifen des Windes.

Wie am Meer die ausladende Dünung, so kommen hier die Bodenwellen auf dich zu, die Erde, locker, die Blätter bald silbermatt, leuchtend hell, wenn der Wind in die Ölbäume fährt.

Ich bin hinaufgestiegen auf die höchste Stelle des Castels, von wo man weit hinaus in die offene Landschaft sieht. Einen Stoß mit der Faust und der Gefangene stürzt in die Tiefe, in den Schloßhof ...

Im Museo Comunale in Barletta steht eine Büste, in ihrem Sockel findet man den Rest einer Inschrift, die auf Friedrich II. deutet.

Was ist das für ein Gesicht, zwischen welchen Dimensionen hat es sich bewegt? Hatte der Bildhauer das Vertrauen des Kaisers gewonnen, hatte der Kaiser Modell gesessen? Wußte der Künstler um die Visionen des Staufers, um seine Ideen? Wie mag die tägliche Arbeit an der Büste verlaufen sein?

Wie oft habe ich vor seiner Büste gestanden, das Gesicht wechselte auf geheimnisvolle Weise seinen Ausdruck. War es das Licht, waren es die Schatten? Da war nichts Lasterhaftes, Degeneriertes, da war Askese, eine asketische Denk- und Lebensweise. Das war nicht der Porträtkopf eines römischen Cäsaren, da war immer noch etwas Träumendes, Entrücktes. In diesem Gesicht sind ganze Teile einer Biografie ablesbar. Es könnte aber auch die Büste eines verzückten Heiligen sein, der kühle intellektuelle Ruf eines Ironikers.

Was war das für ein Mann, ein Skeptiker des Lebens trotz Falkenjagd und Castel del Monte? Unantastbar schien mir sein Gesicht. Meine Fingerspitzen sind den Falten in seinem Gesicht nachgegangen. In seinem Gesichtsausdruck eine sanfte abgrundtiefe Melancholie.

Nichts geht verloren, alles wird sich wiederfinden, jedes Bewußtsein hat im Kosmos sein Spiegelbild. Wenn man alt wird, nimmt man außerhalb der Geschichte Platz, man bewegt sich am Rand des Unerklärbaren.

Volgare Imperale …

III

Der Balkan

Ein Wandgemälde

> Der Krieg zerstört nicht nur,
> er zeitigt auch keinerlei positive Früchte.
> *General Eisenhower*

1.

Beograd
weiße Burg,
von deinem Kalksteinfelsen,
sehe ich hinunter auf die Save,
die Donau,
verzauberte Landschaft.

Die Habsburger
sind über deine Brücken marschiert,
die Soldaten der Waffen-SS,
in deinen Cafés
stehen noch heute die alten Sessel
aus dem Königreich der Serben,
roter Plüsch.

Grau und rissig
sind die Häuser deiner Altstadt,
dunkel die Straßen,

nachts liegt das Mondlicht
wie Asche
auf den Dächern der Stadt.

Am Morgen,
wenn die Nebel der Save
flußabwärts ziehen,
gehen die Kinder zur Schule,
auf dem Amselfeld begegnen sie
der serbischen Sibylle.

Die Fliederbüsche
feucht vom Frühlingsregen,
am Bildrand ein nackter Knabe
mit einem Tritonshorn,
ich höre das Rauschen
der Zeit …

2.

> Wozu hat man die beste Armee der Welt,
> wenn man sie nicht benutzen darf.
> *Madeleine Albright*

Balkan,
einsame trauernde Erde,
zurückgebombt in die Steinzeit.

Mitternacht,
kein Frühlingsdonner,
Detonationen,
hart,
trocken,
der Himmel berstet,
blaue Splitter
fliegen durch die Luft.

Feuerbäume,
abgefackelt die Olivenwälder,
das Höllentor ist aufgestoßen,
Tarnkappenbomber,
herausgerissen aus dem Erdreich
Baum, Schwelle und Gleis.

Wie ein Schatten
fliegen sie
über die Landschaft hinweg,
Marschflugkörper,
High-Tech-Waffen
im geballten Einsatz,
hier gibt es keine Helden,
Kollateralschäden,
herausgeschleudert aus dem Schulbus
die Kinder.

Geschändete Erde,
wer hat das Drehbuch geschrieben,
gestern noch wollte die Knospe
Rose werden, heute nacht
ist sie zu Asche verbrannt.

Die Nymphen sind geflohen,
die Brückenpfeiler bersten,
an der Friedhofsmauer hocken die Toten
und warten auf die nächste Angriffswelle
Tornados
            sind
                wetterfühlig …

3.

Aus dem Kosovo
sind wir gekommen,
durch brennende Dörfer
hat man uns getrieben,
aufgestoßen die Tür,
frei hängen die Treppen
in der Luft.

Auf Zehenspitzen
geh ich durch das Haus der Toten,

Staub geworden
das liebliche Fleisch,
das einst unsere Knochen umgab,
zwischen den Völkern
eine geballte Ladung Haß,
aufgedreht der Gashahn,
eine Handgranate durchs Fenster geworfen,
die Dächer heben ab.

Wer hat sie geweckt,
die schlafende Furie?
Der Kroate
stellt den Serben an die Wand,
der Serbe den Albaner,
einer schiebt dem anderen
den Schuldschein
über den Tisch,
seit Jahrhunderten.

Kosovo,
ein Massengrab,
ein Beinhaus über der Erde,
geblieben ist der Schrei
der wilden Gänse,
die Luft ist brandig
und rauh …

4.

Gottesmutter von Medjorgoje,
ich habe deinen Sohn gesehen,
es war Karfreitag,
er hing am Kreuz,
zu seinen Füßen
einen Bombenteppich.

Wo ist es hin,
das kraftvoll leuchtende Grün,
das geschwungene Horn der Bergziegen,
kein Ostermorgen,
Europas Wurzeln
liegen auch im Balkan.

Maria,
wo bist du gewesen
als ich nach dir gerufen,
in Nowgorod,
in Kiew,
Heilige Dreifaltigkeit,
ganze Teile von Europa
brechen ab.

Gottesmutter,
es ist Mittag,
die Stille ist groß,

dein Sohn,
geschunden kommt er den Berg herab
in einem Kleid
aus Licht.

5.

Balkan,
Flickenteppich der Geschichte,
wenn ich deinen Namen höre,
habe ich den bitteren Geschmack
der wilden Beere auf der Zunge.

Herrisches Jahrhundert
mit der changierenden Maske Demokratie,
wer war es,
der aus dem Fenster gestohlen das Licht,
das Brautbett angezündet?

Mazedonisch-thrakisches Sonnenland,
willst du in einem Lande leben,
wo der Spiegel zerschlagen,
das Echo verboten,
wo sich der Mensch
nicht mehr wandelt,
kein Fluß

durch den Christophorus schreitet,
wo nur noch das Sichtbare herrscht
hinter den Zäunen?

Wie eine Inschrift
leuchtet am Himmel das Wort:
Friede
dem Granatapfelbaum im Garten,
Friede
der brennenden Kerze
auf den Gräbern der Toten,
Friede
dem Sternenstaub
der aus dem Weltall fällt.

Der Himmel
über dem Balkan ist leer,
brennende Bläue,
noch wartet der Mensch
auf das gemeinsam
gebrochene
Brot ...

IV

HIER liegen sie, die drei Landkarten, die mich durch die Jahrzehnte begleiteten: Ein magisches Dreieck, die Straße, die von Altamura hinüber nach Melfi führt, von Melfi nach Andria, die Podolische Platte, das Dreieck Rowno, Dubno und Luck und nicht zuletzt die Wasserstraßen, der Dnjepr und der Don. Die Karten sind abgegriffen, zerrissen, voller Brandflecken, eine Leinwand der Erinnerungen.

Der Sturm, der vom Meer her in die Stadt einbricht, peitscht die Regentropfen schräg ans Mauerwerk. Die Luft wird kühl, die Pflanzen in den Gärten richten sich auf, jede Straßenmulde wird zu einem kleinen See. Durch den Dauerregen scheint die Zeit stehengeblieben zu sein.

Heute abend begleitet mich die Marschallin und ihr blutjunger Liebhaber in die Oper. Hier werden keine Köpfe mehr gefordert, keine Elektra wartet auf die Heimkehr ihres Bruders Orest, keine ekstatischen Tänze mit dem abgeschlagenen Kopf des Johannes, es ist eine Spieloper mit einer drastischen Komik aus der Zeit der Maria Theresia, eine Komödie für Musik in drei Aufzügen von Hugo von Hofmannsthal, Musik Richard Strauss, Opus 59 …

Rundfunkmeldung: Am 27.02.2001 wurden im nordenglischen Hedon on the Wall die an Maul- und Klauenseuche erkrankten Tiere verbrannt. Am Horizont ein Scheiterhaufen neben dem anderen. Allein im Norden Englands leben eine Million Rinder, zwei Millionen Schafe, vier Millionen Schweine.

Hörst du sie nicht, die Angstschreie der Kreatur, die todeskehligen Laute? Zu Tausenden werden die Tiere auf den Sammelplatz getrieben, sie schleppen ihre Leiber durch die Dörfer, über den Acker hinweg, über die Wiesen. Sie spüren die Angst, das dunkle Vorgefühl des Todes. Die Kreatur ist ein dunkles Erdenkind, ein nach Heimkehr suchendes Stück Leben. Wir betrachten das Tier aus unserer schäbigen Ökonomie heraus, aus einer geistigen Verarmung. Die Wahrheit geht von Haus zu Haus, wenn die Nacht am tiefsten ist.

Der Mensch hat aus dem Bruder Tier ein Schlachtfeld gemacht. »Alles, was der Mensch den Tieren antut«, sagt Pythagoras, »kommt auf ihn zurück …«

Drei Katzen haben in der Dr.-Külz-Straße 18 ein Zuhause, ich habe sie vor Jahren von der Straße geholt, halb verhungert.

Ich weiß nicht, ob sie sich heute noch an die täglichen Straßenkämpfe erinnern. Ihr Fell ist gepflegt, die Ohren sind nicht mehr eingerissen, Abend für Abend liegen sie auf dem Sofa, die Pfoten weit von sich gestreckt. Sie sitzen neben der Schreibmaschine, hinter einem Bücherregal, dort, wo es die leeren Stellen gibt.

Julia, die zarteste unter den drei Katzen, kommt Abend für Abend in mein Schlafzimmer, sie schläft am Fußende in einem großen Weidenkorb.

Der Mensch von heute hat sich isoliert, er ist nur noch für sich selber da, sein Gesicht ist einsam geworden, die Substanz der Seele scheint aufgebraucht, vergebens wird man nach dem Seelischen im Gesicht dieser Menschen suchen. Der Mensch ist ein Fliehender geworden, er ist auf der Flucht, es ist keine Freiheit mehr in seinem Gesicht. Die Beschleunigung trägt dazu bei, daß der Mensch den anderen Menschen nur noch im Vorübergehen bemerkt.

Das Kettenhemd, das die Menschen heute tragen, wird aus dem Hartgeld des Tages geschmiedet.

Thüringen - ich liebe diesen Landschaftsstrich, weil er mir erlaubt, das Leben nach meinen eigenen Vorstellungen zu leben, es ist das spätgotisch-reformatorische Thüringen.

Im Alter wird das Heimweh stärker, der Himmel tiefer, man begehrt nichts mehr für sich allein, das Glück liegt unsichtbar in einer Kinderhand.

Die Unruhe ist über den Menschen hereingebrochen, die Abschmelzung der Gletscher in den französischen Alpen hat begonnen. Die Gletscher werden von privater Hand aufgekauft, Trinkreserven für die kommenden Generationen. Wie wird die Landkarte von Europa aussehen, wenn die letzten Gletscher geschmolzen?

Die Klimakatastrophe ist nichts Geringeres als die Antwort der Natur auf die Habgier des Menschen. Unsere Augen sind blind für das Kommende, die denkerische Kraft im Menschen stagniert, die dichterische schweigt …

Auch in diesem Herbst wächst da und dort an den Zweigen noch ein Blatt, eine Blüte im Abendwind bricht auf, die letzten wilden Äpfel an den Bäumen sind von Vogelschnäbeln durchbohrt. Man schleppt die Jahre mit sich fort ins Altvatergebirge, nach Sizilien, nach dem Castel del Monte. Noch aber steht am Himmel der Große Wagen, noch sind die Achsen nicht gebrochen, die Deichsel wird sichtbar, noch zittert das Weinglas nicht in der Hand, neben dem Rotwein liegen zwei altbackene Semmeln, Kaisersemmeln ...

Meine Träume sind wieder da, die ich mit geöffneten Augen erlebe. Die Gestalten kommen durch das Mauerwerk, durch die Decke, durch die Wand, sie kommen mit einem Blumenstrauß in der Hand, gehen durch das Zimmer, vor dem Bücherregal bleiben sie stehen, greifen nach einem Buch, schlagen eine Seite auf, sehen mich an.

Plötzlich überflutet ein warmes goldenes Licht das ganze Zimmer. Die Wände treten zurück, der Körper hat seine Schwere verloren, beginnt zu schweben, fühle mich körperlos, erlebe ein Glücksgefühl wie ich es in meinem Leben noch nie erlebt habe. Mir war, als lebte ich in einem anderen Raum. Ich weiß nicht, wie lange ich so dalag, eine unbeschreibliche Freude war in mir, füllte mich aus.

Plötzlich verdunkelte sich der Raum, die Gestalten lösten sich auf, verloren sich in der Wand …

Die Altersmüdigkeit nimmt zu. Es sind die Morgenstunden, wo die Arbeit noch glückt. Man geizt mit seiner Zeit.

Wie oft schon habe ich zugesehen, wenn die Menschen ihr eigenen Träume in einem Holzsarg begruben, manchmal hatte ich den Eindruck, daß ihre Bäume noch atmeten, als man den Sargdeckel zuschlug …

Was heißt das, die Zeit wirft ihren Schatten voraus? Je älter ich werde, um so weniger verbrauche ich von der Zeit. Merkwürdig, wie lange man mit einer Stunde Zeit heute auskommt. Es gibt aber auch Tage, da kann man ohne Zeit leben, da sitzt man da, in sich versunken und rührt sich kaum von der Stelle. Die Zeit kriecht lautlos über das Ziffernblatt, man hört den Wassertropfen in den Abguß fallen. Im Greisenalter stellt die Zeit nur noch selten Anforderungen an den Menschen. Man braucht nicht mehr fortzugehen, man kann hinter den Fensterscheiben sitzen und warten, bis die Zeit lautlos ins Zimmer tritt …

Im Alter kommen die Jahre wie Axthiebe auf dich zu …

In den vergangenen zwölf Nächten stand am Himmel, für das menschliche Auge weithin sichtbar, der Komet Hale-Bopp. Wie ein verschlüsseltes Wort stand er am Himmel. Für den Naturwissenschaftler ein Himmelskörper, der die Sonne umwandert, ein Schweifstern, ein Irrstern. Nacht für Nacht habe ich den zweigeteilten Schweif, der sich fahrig über den halben Himmel zog, beobachtet. Der leuchtende Ionenschweif, der Staubschweif, aber auch die mehrfach geschichtete Haube war deutlich zu erkennen. Aus welchem Sternenraum mag er gekommen sein, bewegt er sich in einer Parabel, in einer Hyperbel um die Sonne oder ist er nur ein vorübergehender Gast in unserem Sonnensystem? Nacht für Nacht stand er über dem dunklen Thüringer Wald. Der Wind war eingeschlafen, kein Vogellaut, Totenstille lag über dem Land, nur am Himmel diese Lichterscheinung. Es war kein warmes, strahlendes Licht wie das Sonnenlicht, kein florig silberner Mondschein, es war ein weißes, eisiges Licht, das den halben Himmel ausleuchtete, ein Licht, das sich selber fremd war. Wie gebannt starrte ich hinauf in den Raum, Weltraumstille strahlte auf die Erde herab, geisterhaft.

Kometen, Asteroiden, sie alle haben eine eigene Handschrift, eine verdeckte Mitteilung. Eines Tages wird ein Asteroid die Bahn der Erde kreuzen, er wird sich ihr nähern und zur vorgegebenen

Stunde auf die Erde aufschlagen. Keiner weiß wie es geschehen wird. Keiner wird seine irdischen Angelegenheiten noch ordnen können, ein Todesring aus Staub wird unsere Erde umgeben, eine Flutwelle, hundert Meter hoch über Europa hereinbrechen, so schnell werden wir gar nicht denken können, wie der Aufschlag des Meteoriten erfolgen wird. Die Zeit wird für eine Sekunde lang den Atem anhalten. Nicht nur der Mensch, auch die Natur hat ihre Ahnungen, Vorahnungen …

Was geschieht in den dunklen eisigen Räumen ohne Zeit, ohne Liebe? Hier gibt es kein Drängen, kein Stoßen. Zwischen den Sternen unsichtbar die kosmischen Felder, wo sich die Engel sammeln, wenn sie als Botschafter durch den Weltraum ziehen …

V

Auf dem Nordpol
kalben
die Gletscher,

das Wasser steigt,

Böhmen
liegt wieder am Meer …

Hanns Cibulka
Tagebuch einer späten Liebe

96 Seiten. Mit 3 Abbildungen

RBL 1615. € 7,10

ISBN 3-379-01615-2

Tagebuch einer späten Liebe führt nach Erfurt, in eine »Stadt, die sich dem Leben öffnet, wo sich auch heute Vergangenheit und Zukunft miteinander streiten«. Cibulkas Stadtgänge halten vor alten Häusern und Brücken inne, spiegeln das Wechselspiel der Natur, setzen sich mit moderner Malerei auseinander und lassen zeitkritische Betrachtungen und lyrische Texte hinzutreten. So entstehen poetische Aufzeichnungen, die in leisen, zarten Tönen auch von einer Liebe erzählen, zu Gundula, einer aus dem Waldviertel stammenden Gärtnerin.

»Der verhaltene Ton des Poeten weckt Vertrauen, Cibulkas Texte sind Buchstabe für Buchstabe von ehrlicher Empfindung.«
Freie Presse

RECLAM
LEIPZIG

Hanns Cibulka
Die Heimkehr der verratenen Söhne

Tagebucherzählung

119 Seiten. RBL 1553. € 8,10

ISBN 3-379-01553-9

Poetisch verdichtete Notate über das Gegenwärtige wechseln mit elementaren Beschwörungen des Vergangenen: Ein feingewobenes Netz breitet sich aus, das von der Heimkehr der »verratenen Söhne« kündet – in einem Europa, das sich endlich als »Menschenland« versteht.

»Cibulka ist ein Philosoph der sorgenreichen Klarheit, fern der Marktplätze dem Tage dienend, um die Gnade des Lebens wissend. Die Trauer dieses Dichters ist gedankenhell.«
Neues Deutschland

Hanns Cibulka

Sonnenflecken über Pisa

Roman

182 Seiten. RBL 1700. € 8,10
ISBN 3-379-01700-0

Hoch oben am Himmel über Pisa ziehen die Bomber der Alliierten ihre Kurven. Der junge deutsche Nachrichtensoldat H. C. lebt im Auge des Taifuns – mitten im Kriegsgeschehen erkundet er die Schönheit der Landschaft. Unweit von Pisa wird im Frühling 1945 ein englischer Dichter von italienischen Partisanen verhaftet, im Straflager der US-Army interniert und in das »Todeszelt« gebracht, weil er mit den Faschisten sympathisierte und antisemitische Tiraden über den Rundfunk verbreitet hatte: Ezra Pound.

»Cibulka bemüht nicht nur Historie an sich, sondern auch berühmte Sprecher verblichener Epochen. Sein Maß an kulturgeschichtlichem Wissen imponiert.«
Frankfurter Allgemeine Zeitung